TABLEAUX

ET

RÉCITS RELIGIEUX.

IMPRIMERIE DE DUCESSOIS, 55, QUAI DES AUGUSTINS.

TABLEAUX

RÉCITS RELIGIEUX

Album illustré de magnifiques dessins

PAR NOS PREMIERS ARTISTES.

PARIS

CHALLAMEL, ÉDITEUR, 13, RUE DE LA HARPE.

Ed. Odier.

J. Baron del. — Challamel éditeur — Imp. Bertauts Paris

La Messe pendant la moisson dans la campagne de Rome.

LA MESSE PENDANT LA MOISSON.

(Italie.)

Les brûlants rayons du généreux soleil d'Italie ont doré les épis qui inclinent vers la terre leurs tiges surchargées de grains. Les blés sont mûrs et attendent la faucille des travailleurs qui accourent en foule pour recueillir à pleines mains les blondes richesses que la terre offre à ses enfants. La campagne de Rome, naguères triste et déserte, se peuple et s'anime à vue-d'œil : Du fond de la Pouille et de la Calabre, des bords de l'Arno et des vallées de la Lombardie, de Ravenne et de Naples, de la montagne et de la plaine, arrivent en foule d'actifs moissonneurs, jeunes et vieux, hommes, femmes et enfants, les uns dans de légères carrioles, les autres montés sur leurs chevaux petits et vifs, tenant à la main leur long aiguillon qui ressemble à une lance. Les vieillards fument ou content gravement, les femmes chantent, les jeunes hommes les regardent, et devisent joyeusement pour charmer les ennuis du chemin. C'est toute une armée qui se donne rendez-vous dans ces plaines fertiles ; armée pacifique dont la mission n'est pas de détruire ni de dévaster, mais de travailler à nourrir les hommes. Étrange anomalie de nos usages, que la gloire ne soit pas pour le travailleur, mais pour celui qui tue!

Enfin, le grand jour de l'ouverture de la moisson est arrivé ; l'aurore trouve tout le monde debout et à son poste. Les chariots arrivent, criant sur leurs essieux et traînés par des bœufs pesants qu'excite à chaque instant l'aiguillon. Ils se rangent en ordre dans la plaine, et se déchargent de flots vivants de travailleurs qui se pressent en foule autour du char de triomphe d'où doit partir le signal des travaux.

Un dais qui doit aux champs toute sa parure s'élève sur ce chariot entre des faisceaux de gerbes, des guirlandes de bluets et de marguerites, et des festons de feuillage. A l'ombre de ce pavois agreste, a été dressé un modeste autel qui n'a d'autre luxe que l'éclatante blancheur du linge, et sur lequel un prêtre italien, à la figure à la fois mâle et douce, offre le pieux sacrifice pour rendre grâces à Dieu de ses bienfaits. N'y a-t-il pas dans cette scène rustique un parfum d'antique poésie et de haute religion? N'est-il pas beau, ce prêtre des champs, au milieu de ses frères, appelant sur eux les bénédictions de Dieu, et lui adressant l'expression de leur pieuse reconnaissance pour les blondes moissons dont il revêt la terre?

C'est un coup d'œil à la fois touchant et pittoresque, que celui de cette foule simple et laborieuse qui prie la tête nue et l'âme recueillie. Voyez ce vieillard drapé à l'antique, appuyé gravement sur son bâton noueux; que de respect et de foi sur son visage où se jouent de nombreux cheveux blancs! Près de lui, une femme le regarde de son grand œil noir, en pressant avec amour un bel enfant sur son cœur. Plus loin, des hommes au teint brun, à la barbe épaisse et noire, aux bras musculeux et puissants, baissent la tête et prient avec ferveur. Ici, un robuste villageois contient ses bœufs impatients; là, un autre se prosterne dans la poussière. La foi étend sur cette scène touchante ses ailes virginales et tranquilles, et le souffle de Dieu rafraîchit ces fronts qui vont affronter les ardeurs du soleil d'août.

Enfin, l'offrande est terminée, les cieux se sont ouverts à la voix du prêtre, pour répandre leurs bénédictions sur l'humble moissonneur. Le soleil a lancé dans l'espace ses premières gerbes lumineuses, il est temps d'entamer l'ouvrage, et les cris *Au travail! au travail!* retentissent au loin dans la plaine.

Le signal part, et l'attaque commence sur tous les points. Les travailleurs se classent par escouades, pays avec pays, amis avec amis, et les rivaux sont en présence. Il fait beau voir comme l'ouvrage avance, comme les faucilles courent, comme les faux abattent en mesure de longues rangées d'épis, que jeunes filles et enfants réunissent en belles gerbes. L'un fauche, l'autre ramasse, celui-ci lie, celui-là porte dans les chariots, un autre entasse. Tout le monde s'occupe, vieux et jeunes, riches ou pauvres; et qui donc pourrait rester oisif dans cette fièvre ardente de travail? Jetez-moi, au milieu de ces travaux, ou plutôt de cette fête, un indolent et oisif Parisien, je lui fais prendre la faucille. C'est que là le bon ton, c'est le travail, et pour conquérir l'estime de ces braves gens, il faut être un rude jouteur. Là, le héros, le lion si vous voulez, c'est celui qui est proclamé le meilleur ouvrier de la journée.

Là aussi, mille amours-propres sont en jeu, mille batailles se livrent, batailles innocentes qui n'abattent que de l'ouvrage et ne font couler que la sueur. Vous êtes de la Romagne, et la Calabre travaille tout près de vous. Il ne sera pas dit, morbleu! qu'elle a ramassé les gerbes les plus belles et les plus nombreuses; il faut que la Calabre soit battue aujourd'hui; du cœur, les amis! — Mais dans les rangs mêmes du bataillon de la Romagne, vous êtes placé à l'une des ailes; il faut que ce soit votre côté qui fasse le plus pour la victoire. Dans ce côté il faut que ce soit votre groupe lui-même qui triomphe; dans votre groupe il faut que la palme vous revienne; enfin, il faut être le héros de la journée. Aussi, voyez comme les défis se croisent, comme les quolibets et les railleries roulent en feu de file. Ici, un essaim de jeunes femmes provoquent en riant de lourds athlètes, à la façon des gerbes, et les gagnent de vitesse; là, trois jeunes hommes ruisselants de sueur, s'acharnant dans une lutte inégale, prétendent faire autant qu'un nombre double d'adversaires; ailleurs on chante en chœur des refrains chaleureux qui redoublent encore le feu des travailleurs. Partout les rires et les jeux animent le travail et en font une fête pleine de charmes et d'émotions enivrantes.

Et le repas en commun, que d'appétit et de gaîté! Quelle différence avec le triste et chétif repas du paysan dans sa chaumière enfumée, assaisonné très-souvent des tracasseries du ménage.

Le soir venu, vous croiriez qu'ils vont songer à livrer au repos leurs membres harassés de fatigue. Ah! bien oui! la cornemuse jette ses notes aigres, le hautbois gazouille, les danseurs s'installent, et je vous réponds qu'ils ont du cœur aux jambes. Pendant que les jeunes se livrent ainsi aux plaisirs de leur âge, les vieillards boivent sous la treille en parlant des choses du passé, la soirée s'écoule gaiement, et ils passent de la joie au sommeil, pour passer le lendemain du sommeil à la joie.

La moisson terminée dans le pays, et ce n'est pas long, leurs troupes bruyantes s'acheminent vers d'autres contrées où elles trouvent les mêmes plaisirs et les mêmes travaux.

Fêtes si douces qui nous rappelez l'âge d'or des fables, que l'on est heureux de vous avoir vues et d'avoir partagé vos joies ardentes et sans remords!

SAINT FRANÇOIS XAVIER.

Voyez ce beau prêtre dont le vaste front est illuminé d'un rayon céleste, dont la douce figure respire si bien la charité évangélique : c'est François Xavier, l'apôtre infatigable, le conquérant pacifique, qui a promené la croix dans les Indes à travers trois mille lieues, baptisant neuf cent mille idolâtres et laissant partout sur son passage un divin parfum de vertus et de bienfaisance. Il est au milieu d'une population décimée par la peste, prodiguant ses soins et ses consolations aux malades, parlant du ciel aux moribonds, et arrachant à la mort éternelle les âmes de ceux que ses secours et ses prières n'ont pu ramener à la santé. Le terrible fléau diminue à chaque instant son auditoire, la mort l'entoure, la plus cruelle, la plus hideuse de toutes les morts ; mais la foi et l'amour ne laissent pas dans son cœur place à la crainte.

François naquit, en 1506, au château de Xavier, au pied des Pyrénées. Il fit de brillantes études dont le retentissement fut grand dans l'Université de Paris et qui lui valurent l'honneur insigne d'obtenir à vingt ans la chaire de philosophie du collége de Beauvais. Le jeune François, merveilleusement doué de la nature au physique comme au moral, nourrissait une ambition égale à ses talents et se disposait à mener une vie passablement mondaine, quand une circonstance fortuite décida tout autrement de son avenir.

Il logeait au collége Ste-Barbe où il fit la connaissance du fameux Ignace de Loyola, qui y achevait son cours de théologie. C'était un homme profondément enthousiaste, d'une foi ardente et sincère, un esprit aventureux et profond, né pour les grandes entreprises; tour à tour page du roi d'Espagne, brillant hidalgo, vaillant capitaine, puis

St François Xavier baptisant et guérissant les malades Indiens

dévot ascétique, pèlerin austère, mendiant humble et dévoué à soulager les misères des autres, il avait montré dans toutes les vicissitudes de sa vie la même énergie, la même puissance d'arriver d'un bond aux dernières extrémités des choses; à Jérusalem, en face du tombeau du Christ, il s'était exalté, et sa tête ardente avait conçu la pensée la plus hardie qui ait germé dans un cerveau humain. Planter la croix dans les deux hémisphères, conquérir l'Orient et convertir l'Occident dans une immense croisade intellectuelle; étouffer l'hérésie, rallumer la foi et soumettre le monde à la loi de Dieu, voilà son but, voilà son œuvre. Soldat du Christ, apôtre de la vérité, avec la foi, il lui faut la science; il se fait écolier à trente-sept ans, étudie quatre ans dans les universités d'Espagne, puis vient à Paris recommencer et terminer ses études. Il est prêt, il peut s'attaquer aux princes de l'intelligence, mais il lui faut des hommes, des âmes de bronze et de flamme qui le comprennent et le secondent.

Du premier coup-d'œil il a jugé Xavier; aussi n'épargne-t-il rien pour le gagner. Le jeune homme, tout entier aux plaisirs et à la gloire, l'accueille avec force railleries. Loin de se rebuter, il s'insinue, le flatte, conquiert son amitié par ses bons offices et fait vibrer sa corde sensible, l'ambition. De ce moment Xavier est à lui, et bientôt il apporte dans sa dévotion la fougue qu'il usait naguère dans le monde. Il jeûne, se macère, se lie de cordes, et porte un cilice sous sa robe de bure. Ignace a trouvé cinq autres hommes selon son cœur, et tous les sept réunis, sur le soir, dans l'église de Montmartre, font serment de vouer leur vie à la conversion des infidèles. Telle fut l'origine de la célèbre compagnie de Jésus.

Un pèlerinage à Jérusalem avait été résolu, mais une guerre y mit obstacle. Le pape avait approuvé la nouvelle compagnie qui déjà prenait de l'autorité, car Jean III, roi de Portugal, fit demander à Ignace des prédicateurs pour les Indes orientales dont Vasco de Gama venait d'ouvrir la route en doublant le cap de Bonne-Espérance.

Xavier fut choisi, et sa joie fut grande; il crut que Dieu lui assignait la conquête de l'Orient, et partit plein de foi et d'espérance. Une cruelle maladie, qui désola le navire qui le portait, donna carrière à sa brûlante charité; il transforma sa chambre en infirmerie, y transporta les malades, les combla de soins et leur distribua chaque jour les aliments qui lui étaient destinés. Sa bonté, sa douceur, sa bienfaisance lui gagnèrent l'affection de l'équipage reconnaissant, qu'il fit tous ses efforts pour convertir. Il se mêlait aux conversations, aux jeux des matelots, se prêtait à leurs plaisanteries, dans l'espoir de leur faire goûter ses sermons et de toucher leurs âmes. Enfin, après treize mois de mer et une rude maladie, il débarqua à Goa, chef-lieu des possessions portugaises dans les Indes.

Nous ne le suivrons pas dans ses pérégrinations laborieuses à travers cinquante-deux royaumes asiatiques, ignorants et féroces, pendant lesquelles il traversa tour à tour des contrées brûlantes ou glacées, des plaines arides ou des monts sauvages, exposé à toutes les intempéries et à tous les dangers ; nous citerons seulement ses missions les plus remarquables. Malacca était une ville riche et puissante, plongée dans la mollesse et les plaisirs, que protégeait encore une température si douce qu'elle semblait un printemps perpétuel ; on y respirait une atmosphère de parfums, de musique, de festins, de danses et de fêtes, qui enivrait l'âme et les sens, et les disposait fort peu à suivre la sévère morale du jeune et fougueux apôtre. Aussi ses premières tentatives ne lui attirèrent-elles que des moqueries ; mais, loin de se déconcerter, il employa un moyen assez étrange pour se faire écouter. Il parcourait les rues, brandissant d'une main un crucifix et agitant une sonnette de l'autre, et s'écriait : Priez pour ceux qui vivent dans le péché comme pour les morts ! puis il prêchait, exhortait, allant chercher les enfants chez leurs parents pour les catéchiser et les instruire. De plus, il s'insinuait, se pliait au caractère des habitants, si bien, que sa belle humeur et ses manières engageantes finirent par gagner grands et petits.

Lors de son séjour à Travancor, les naturels eurent à repousser une attaque d'une peuplade sauvage et féroce. Aux premiers cris du combat, François sent se réveiller en lui la fougue du soldat. Il se met à la tête d'une vingtaine de chrétiens et s'avance, le crucifix d'une main le glaive de l'autre, jusque dans les rangs ennemis, et les effraie tellement par le ton de sa voix, le feu de ses regards et la hardiesse de sa contenance, qu'il les renverse les uns sur les autres et les met en déroute.

Ici il gagnait les bonnes grâces d'un roi en lui donnant une image, là avec une horloge sonnante ; ailleurs il soutenait des controverses publiques avec les bonzes et luttait d'austérités avec eux. Au Japon, jugeant qu'il fallait imposer par les pompes extérieures à ces peuples vaniteux, il se revêtit d'habits magnifiques et se fit suivre de deux ou trois laquais. Partout il débutait par soigner les malades, exposant à chaque instant sa vie parmi les pestiférés et détériorant de plus en plus sa chétive santé; partout aussi il emportait les regrets des populations et conquérait des milliers d'âmes à l'Évangile.

Étienne de Gama, qui était avec son navire à Bungo, ville du Japon, ayant appris l'arrivée du saint homme, alla au-devant de lui en grande pompe avec tous ses officiers, et fit tirer en son honneur une triple salve par dix-huit canons. Le roi de Bungo, étonné, lui écrivit, le reçut avec honneur et le combla de marques de respect au grand dépit des bonzes, qui firent de vains efforts pour perdre par la ruse, ou battre dans la discussion, le champion du Christ. Il partit pour les Indes avec Étienne de Gama, et, dans une bourrasque, obtint, par ses prières, le salut d'une chaloupe et de l'équipage que les flots allaient engloutir.

Il trouva la ville de Malacca dans la désolation; elle avait été saccagée par les Mahométans, et la peste achevait de dépeupler ses ruines. C'est là surtout que Xavier fut sublime de courage et de charité. Son exemple, ses exhortations, ses prières obtinrent des habitants de s'occuper des malades qu'ils laissaient mourir abandonnés, et peu à peu les soins actifs et intelligents qu'il dirigeait diminuèrent l'intensité du fléau.

Cependant, il se disposait alors à entamer la conquête de la Chine, dernier but de ses désirs, la Chine, seule contrée de l'Orient où la croix ne s'élevait pas encore. Un pieux seigneur portugais lui avait prêté l'argent nécessaire à cette grande entreprise. Le gouverneur de Malacca avait hautement approuvé la mission et s'était chargé de la faciliter de tout son pouvoir. Mais (qui l'eût cru?) il changea subitement de disposition, peut-être parce qu'il aurait désiré emprunter lui-même l'argent de Perera, et se montra partout hostile à Xavier, qui fut enfin obligé de partir plus tôt qu'il ne voulait; ce qu'il ne fit pas sans faire déclarer au gouverneur l'excommunication qu'il avait encourue. Pendant la traversée, il eut fort à souffrir des vexations des officiers et de l'équipage, qui était composé uniquement des créatures du gouverneur. Ni l'humble patience de ce grand homme, ni les bons offices qu'il s'empressait de leur rendre, ni la réputation de ses vertus, ne purent toucher ces gens grossiers.

Les marchands portugais de Saucian, où l'on relâcha, voulaient retenir Xavier parmi eux, et alléguaient les périls et les obstacles de toute sorte qui l'empêcheraient d'entrer dans un pays interdit à tout Européen. Mais l'apôtre, convaincu que c'était à lui que le ciel destinait la conversion de ce pays, persista et chercha les moyens d'y pénétrer; le martyre l'y attendait sans doute, c'était une raison de plus pour s'y rendre. Enfin, un marchand chinois consentit, moyennant 90 écus payables en poivre, à le prendre dans sa barque et le jeter de nuit sur la côte, où il le coucherait chez lui jusqu'à ce qu'il pût le mener aux portes de Canton.

Mais Xavier, privé depuis longtemps de toutes les commodités de la vie, contrarié et exposé aux influences d'un climat mal sain, fut pris d'une fièvre violente, qui s'accrut sensiblement quand il vit les vaisseaux s'en retourner à Malacca sans rien faire pour lui. Il se retira tout abattu dans le navire qui servait d'hôpital commun, où il fut reçu à titre de pauvre, mais dont le balancement lui occasionna des coliques et des maux de tête qui le firent remettre à terre dès le lendemain. On le laissa étendu sur le rivage, exposé à toutes les injures de l'air, jusqu'à ce qu'un Portugais, plus charitable que les autres, le recueillît dans sa cabane où il s'éteignit épuisé, dénué de tout et abandonné lâchement de tout le monde, parce qu'on redoutait la vengeance du gouverneur qu'il avait excommunié. Ses dernières paroles furent comme sa vie, toutes d'amour, de foi et d'espérance; il s'étendit seulement avec amertume sur le chagrin de ce que Dieu l'appelait à lui d'une façon vulgaire, sans daigner lui accorder le martyre.

Ainsi mourut dans une île lointaine, dans la misère et l'isolement, l'héritier d'une des premières maisons de Navarre, le glorieux apôtre des Indes, l'un des fondateurs de la puissante compagnie de Jésus. Il comptait alors quarante-six ans, dont il avait passé onze années dans l'apostolat.

Rios.

Mission de Jésus Christ rédempteur du monde.

« Et le Verbe a été fait chair. »
(Évangile selon saint Jean. ch. I)

DEUX RÊVES D'ENFANT.

Sur la route pénible de la vie, il est doux de s'arrêter en chemin et de porter un long regard en arrière. On repasse avec charme ces jours sereins et purs de l'enfance dont nul remords, nulle inquiétude n'altérait la limpidité. On regrette surtout ces naïves croyances, ces paisibles tendresses par lesquelles le cœur s'initie à l'existence.

A dix ans, j'étais un petit garnement bien entêté, bien colère, bien tapageur, mais j'avais une foi ardente et sincère, et l'idée de déplaire à Dieu me faisait frémir. Aussi quand j'avais le temps de la réflexion, je fuyais la tentation avec horreur; mais, il faut l'avouer, je me laissais entraîner presque toujours à mon premier mouvement. Si ma foi n'avait guère d'influence sur ma conduite, du moins elle occupait beaucoup ma pensée, et j'avais une grande propension à méditer. Chose singulière, quoique mon caractère fût bien éloigné de la douceur, je me reposais avec le plus de plaisir sur tout ce qu'il y a de tendre et d'affectueux dans l'Évangile. Je me faisais une religion de poésie, de lumière et d'amour qui se déroulait en horizons magnifiques dans ma jeune imagination, et je me souviendrai toujours de deux rêves que je fis à cette époque, et qui firent sur moi une vive impression.

Un soir je m'endormis en lisant un vieux livre sur le bonheur des élus dans le ciel. Je rêvai que j'étais mort, et je vis dans mon rêve un océan de lumière, roulant des vagues chatoyantes et colorées de tous les tons de l'arc-en-ciel. Mon âme libre et joyeuse savourait des bonheurs indéfinissables. Tantôt rapide comme l'éclair, elle fendait les espaces lumineux, tantôt elle planait en extase, bercée de vaporeuses harmonies, sans voir, sans entendre, mais enivrée d'une sensation fraîche et délicieuse résumant à elle seule toutes les joies, tous les plaisirs. En vain, voudrais-je décrire ces vagues jouissances dont il ne me reste qu'un souvenir confus qui me fait encore tressaillir de bonheur. Des myriades d'âmes nageaient autour de moi comme les atomes dans un rayon de soleil; je les voyais, je m'entretenais avec elles, mais sans paroles ni signes, comme si nous lisions mutuellement nos pensées. Je n'ai jamais pu me rappeler rien de leurs discours ni de leurs formes, et je ne puis rien trouver sur cette terre de limon qui puisse en donner une idée. Je me souviens seulement que tout d'un coup l'espace s'illumina plus richement, les harmonies de toutes sortes devinrent plus suaves, et l'on me dit que le souffle de Dieu allait passer.

Par malheur, un violent coup de sonnette retentit à la porte de l'appartement, et me réveilla au plus beau de mon rêve.

Je pleurai longtemps ma félicité perdue, et pendant plusieurs jours je ne songeai qu'à gagner le paradis. Croyant sincèrement que Dieu me saurait gré de m'imposer des privations en vue de lui être agréable, je poussai l'héroïsme jusqu'à refuser au dîner de goûter un plat dont j'étais excessivement friand. Mes parents me regardèrent avec stupéfaction; mes explications embarrassées les firent sourire, et comme l'époque de ma première communion approchait, ma mère trouva dans ma dévotion une cause toute naturelle de ce refus étourdissant. Jugez si elle dut être satisfaite, elle qui comptait faire de moi un bon curé.

J'avais conservé un souvenir si agréable du ravissement dans lequel m'avait plongé ce rêve, que tous les soirs je me mis à relire mon livre, croyant dans ma simplicité que cette lecture ramènerait mon doux songe; mais jeus beau lire, relire et m'endormir dans les nuages; je rêvai bien encore quelquefois au paradis à force d'y tendre toutes mes pensées pendant la veille, mais je ne vis plus les mêmes béatitudes : c'étaient des concerts de viole et de harpe, des anges en surplis avec des encensoirs, chantant à pleine voix *Sabaoth!* c'était bien loin de mon premier rêve.

Un jour pourtant, je fis encore un songe remarquable, mais non pas vague, vaporeux et surnaturel comme le premier. C'était encore un rêve compliqué et bien suivi, mais tel qu'en peut créer le cerveau d'un enfant vivement impressionné pour les grandes idées religieuses.

J'étais au pied d'une montagne aride et désolée, sur le sommet de laquelle se dressait solitaire et lugubre une grande croix qui se détachait à peine d'un ciel orageux et sombre. Un homme, drapé d'une longue tunique blanche, gravissait lentement la montagne, la tête inclinée et pesante, comme si un poids immense eût oppressé sa pensée. Arrivé au pied de la croix, il s'agenouilla lentement, étendit les bras et leva vers le ciel son front qui s'illumina subitement d'une radieuse auréole. Alors je vis sa tête bienveillante et tendre, et son regard, en remontant vers le ciel, rencontrant le mien, sembla percer mon âme. Je crus sentir mon cœur se fondre au contact du divin rayon qui partait de ses yeux, et tout mon être s'embrasa d'amour et de vénération; je l'avais reconnu, c'était le Christ. Peu à peu le feu de sa céleste auréole s'accrut et chassa les ténèbres épaisses de la nuit : autour de sa tête sacrée le crépuscule se fit, puis l'aurore, puis le jour ; enfin des torrents de lumière jaillirent, et un espèce de courant lumineux remonta vers le ciel, avec un éclat, une limpidité que jamais ne connurent les yeux terrestres. C'était la prière du Christ. Bientôt, au sommet de la traînée incandescente je vis briller un point avec une telle puissance, que sur la lumière déjà plus vive que les plus ardents soleils, il se détachait comme les étoiles sur le fond du firmament. Avant que je l'aie vu s'approcher, il était déjà sur la tête du Christ, et je distinguai une forme blanche et aérienne, planant avec des jets de flamme, et semblant échanger avec lui de célestes pensées. Je compris que c'était le Saint-Esprit.

En ce moment d'éclatantes et majestueuses harmonies ébranlèrent l'espace, qui se diapra de couleurs splendides, et j'aperçus comme un immense foyer de vie et de lumière s'avancer en balayant devant lui des nuées de soleils et de planètes avec leurs satellites, si éclatants que le reste paraissait sombre.

Tout d'un coup le Christ se leva avec enthousiasme et embrassa fortement la croix en abaissant sur la terre un divin regard d'amour et de douloureuse pitié. Alors les cieux s'embrasèrent et tout fut parfum, lumière et harmonie, car notre pauvre globe, l'objet, depuis tant de siècles, de la compassion de ses sœurs les planètes, allait être régénéré par l'ineffable sacrifice qu'acceptait généreusement la victime. Puis, l'homme-Dieu épuisé, appuya son front brûlant sur l'arbre fatal, et soudain de gros nuages noirs enveloppèrent l'horizon et me dérobèrent les soleils et les lumières, excepté celles de l'esprit saint et du foyer, qui auraient traversé des murailles de mondes. Je vis bientôt le foyer lui-même se condenser et s'éteindre, et j'entendis passer dans l'éther comme une grande robe flottante avec un bruit semblable à celui du tonnerre. Depuis lors mon rêve fut tout à fait un rêve ordinaire; je vis Dieu le Père, en grande robe rouge, avec une longue barbe blanche, venir adresser des paroles de consolation à son fils bien-aimé; des millions d'anges nageaient dans le sillage de son vêtement; mais ce n'étaient plus ces corps subtils d'éther et d'arôme que j'avais vus précédemment, c'étaient simplement de beaux enfants joufflus, avec des ailes attachées sur le dos. Ils apportaient les instruments du supplice du fils de l'homme, l'un les clous, l'autre la couronne d'épine, un autre le suaire. Je ne me souviens plus comment se termina ce rêve, mais je crois que je ne vis plus rien de bien suivi.

J'ai souvent réfléchi à ces deux rêves d'enfant, et j'y attache toujours une idée de pieuse croyance; il me semble que j'ai réellement vu quelque chose de l'autre monde, et je me sens quelquefois aspirer après le moment où l'âme, dégagée du corps pesant d'eau et de limon qui lui sert de tombeau, se revêtira de lumière, de parfums et d'harmonie, et ira s'enivrer au foyer de la vie et de l'amour, où elle verra Dieu face à face.

Corbel del. Challamel éditeur Lith. Gregoire & Deneux

RUTH ET NOEMI

par Hopfgarten

RUTH ET NOEMI.

Sous le règne d'un des Juges qui gouvernèrent les tribus d'Israël, une grande famine désola la terre, et sévit surtout sur la tribu de Juda. Dieu veuille, mes enfants, que jamais vos yeux ne soient affligés du spectacle d'une population affamée! Pour moi, je vous épargnerai le récit de ces horribles angoisses contre lesquelles il n'y a pas à lutter, car on ne dompte pas la faim.

Noémi, jeune femme de la tribu de Juda, sentait son cœur se briser toutes les fois que le regard languissant de ses deux fils interrogeait douloureusement le sien. Ces deux enfants, son orgueil et sa joie, faisaient naguère encore l'envie des mères pour leurs fraîches couleurs, leur air vif et ardent, et leurs forces naissantes; maintenant ils se traînent, pâles et voûtés, s'inclinant comme la fleur desséchée sur sa tige. Qui pourrait peindre les tortures d'une mère, qui, forcée de diminuer chaque jour la ration de ses enfants, voit en même temps diminuer leurs forces, et pressent qu'un jour viendra où leur voix mourante lui demandera en vain des aliments! Noémi passait dans les larmes de longues nuits dont le désespoir allongeait encore la pesante insomnie. Soudain, une inspiration d'en haut fait luire un rayon d'espoir dans son âme. Un projet dont la pensée l'eût fait frissonner de terreur l'année d'auparavant, lui semble désormais la seule porte de salut. Il faut aller loin des champs flétris de Juda chercher ailleurs des moissons que le soleil n'ait pas brûlées, que la grêle ou la guerre n'aient point ravagées. La terre est grande, et si Dieu ne les abandonne pas, ils pourront encore aller loin.

Ils partent donc, et leur cœur se serre douloureusement quand ils franchissent le seuil de la terre de Chanaan, et leurs yeux se tournent vers les montagnes de la patrie. Bientôt de vertes prairies, de blondes campagnes reposent leur vue, et les fertiles vallées de Moab reçoivent la tente des voyageurs. Là, leur vie coulait pure et sereine comme leur beau ciel, et les deux enfants croissaient à vue d'œil, gagnant en grâce et en beauté, comme en force et en raison. La tendre Noémi se berçait de rêves de bonheur et d'avenir, que devaient bientôt chasser de bien cruelles épreuves. — Son époux mourut. — Ses fils, qu'un hymen venait d'unir à deux filles de Moab, ses fils moururent aussi. La même année lui ravit une à une les dernières espérances de sa tendresse. Sans époux, sans enfants, isolée sur la terre étrangère, la pauvre femme ne pouvait vivre dans ces lieux jadis témoins de sa félicité, désormais de sa douleur et de ses regrets. Elle se résigna donc à retourner triste et seule, la mort dans l'âme et les larmes aux yeux, vers cette terre de Juda d'où elle était venue il y avait si peu d'années, avec un époux et deux fils, le cœur rempli d'espoir.

Elle alla donc vers les veuves de ses fils, et leur dit :

— Le ciel n'a pas daigné bénir votre union, mes filles. Vous êtes au matin de la vie, vous êtes belles et bonnes, d'autres époux sécheront vos larmes et ramèneront le bonheur sous votre toit. Pour moi, je suis vieille et n'ai plus d'espoir ; ma tristesse assombrirait votre vie, et votre présence renouvellerait mes regrets. Embrassez donc votre mère et recevez ses adieux : elle va mourir où vécurent ses ancêtres. Puisse le ciel vous combler de ses faveurs ! ce sera le dernier vœu qu'adressera au ciel la triste Noémi.

Les deux jeunes femmes, péniblement émues, baissaient la tête et l'écoutaient en fondant en larmes. Quand elle se tut, Orpha se jeta dans ses bras, et la couvrit de caresses ; mais Ruth, se levant le front calme et l'œil tranquille, lui dit : — Je vous suivrai. Sous quelques cieux que vous portiez vos pas, votre fille partagera votre fortune et soutiendra votre vieillesse. Votre vie sera ma vie, votre peuple mon peuple, et votre Dieu mon Dieu.

En vain Noémi la conjure de ne point se charger du fardeau de sa triste vieillesse, et de ne pas sacrifier la fleur de ses années au soulagement de souffrances que la mort doit bientôt terminer. Ruth, pour la première fois sourde à ses prières, court revêtir l'habit de voyage, et, son petit paquet sous le bras, revient joyeuse s'emparer de sa main. Elle la guide, elle soutient sa marche chancelante, lui sourit, l'encourage, et fait si bien, que la bonne femme émue jusqu'aux larmes n'a plus la force de se séparer d'elle. Elles quittent donc Orpha et les champs de Moab, pour porter leurs pas vers les demeures d'Israël.

Noémi pleure de joie en revoyant les campagnes de l'antique Jacob couvertes de grasses moissons ; ses yeux se promènent avec attendrissement sur ces lieux si fertiles en souvenirs. Ici, elle montre à Ruth le palmier qui marque le tombeau de la douce Rachel, là le mont témoin de l'obéissance d'Abraham, et la jeune femme contemple avec respect cette terre privilégiée où plus d'une fois le Tout-Puissant a daigné se manifester aux hommes. Elles arrivent enfin, et plus d'un vieillard, dans cette femme vieillie par le malheur plus que par les années, ne reconnait pas Noémi.

— Ne m'appelez plus Noémi, leur dit-elle, ce nom veut dire belle, et l'amertume a flétri mon cœur et mon visage. Beauté, enfants, époux, Dieu m'a tout ravi. Je ne suis plus Noémi, je suis la pauvre veuve.

Cependant les blés étaients mûrs et les champs se couvraient de moissonneurs. Ruth voyant les épis tomber en rangs serrés sous les faucilles et l'indigence faire une ample récolte des débris délaissés, voulut glaner avec les filles d'Israël. Le hasard la conduisit dans les champs où Booz recueillait ses opulentes moissons. Booz était un vieillard riche en vertu aussi bien qu'en trésors, qui, par sa bienfaisance éprouvée depuis quatre-vingts ans, était l'amour et la vénération de Juda. Il aperçut la jeune femme, qui, étrangère et timide, suivait la dernière glaneuse, ramassant avec joie l'épi dédaigné par une autre, et s'approcha d'elle, charmé de son air doux et modeste : — Ma fille, lui dit-il, glanez plus près des javelles : pourquoi rougir et vous tenir en arrière ? les pauvres n'ont-ils pas des droits sur de si belles moissons ? Venez, suivez-moi sous ces palmiers, et prenez part au repas des moissonneurs. Ne me remerciez pas, n'est-ce pas le plus doux des plaisirs que de faire du bien ?

Ruth, émue et confuse, balbutia et le suivit en versant de douces larmes. Le vieillard la conduisit au festin champêtre, et les moissonneurs, charmés de sa grâce et sa beauté, s'empressèrent d'ouvrir leur cercle pour lui faire place. C'était à qui lui offrirait la moitié de ses aliments, c'était à qui servirait l'aimable étrangère qui, pensant à sa mère, mettait de côté une large part pour la nourrir.

Le repas des travailleurs fut court, et l'on retourna aux sillons. Sur l'ordre secret de Booz, les moissonneurs faisaient tomber comme par hasard les épis sur les pas de Ruth, qui pensait glaner, tandis qu'elle moissonnait, grâce au généreux vieillard. Le soir venu, elle retourna, courbée sous une riche gerbe, vers le toit où Noémi cachait sa misère et ses pleurs. Elle arriva en chantant et, montrant à sa mère le fruit de son travail, lui raconta en termes reconnaissants la bonté de Booz. — C'est le Tout-Puissant, ma fille, qui t'a guidée chez cet homme vertueux, lui dit Noémi; le sage Booz est de notre famille et nos lois....., mais je ne puis t'en dire davantage. Retourne demain glaner dans les champs du bon vieillard; il te questionnera, s'informera de ton nom, de tes parents; tu lui parleras de Noémi, tu lui diras qu'il voit la veuve de son fils. Alors tu comprendras mes desseins, tu sauras mes espérances. Fie-toi à ta mère, tu sais si elle désire ton bonheur. — Ruth l'embrasse et lui promet de suivre ses instructions.

L'orient commençait à peine à blanchir que Ruth était déjà dans le champ. Un paisible sommeil délassait encore les membres des moissonneurs, et Booz, au milieu d'eux, goûtait en paix les douceurs du repos. Ruth s'arrêta pour contempler avec attendrissement sa tête vénérable appuyée sur des gerbes, et resta immobile, murmurant des paroles d'affection et de respect.

En ce moment le premier rayon de l'aurore frappa le front du vieillard, qui se réveilla doucement. — Pardonnez, respectable Booz, lui dit Ruth toute confuse; que ma reconnaissance soit l'excuse de ma hardiesse. Si j'en crois Noémi et mon cœur, vous êtes de notre famille et j'ai pensé... — Quoi, vous seriez?... — La veuve du fils de Noémi. — Vous êtes Ruth, cette femme de Moab qui laissa son pays et ses dieux pour suivre sa mère! Que le ciel soit béni, ma fille! En effet, je suis de votre sang, et la loi de nos pères ordonne que votre époux trouve en moi un successeur. Hélas! je n'oserais pas réclamer ce doux privilége. Je crains que mes vieux ans n'effarouchent votre jeunesse, et pour la première fois je vois avec douleur mes cheveux blancs. Mais parlez, ma fille, votre regard est humide et tendre, prononcez sur mon sort, et croyez qu'en vain Moïse m'ordonnerait d'être heureux, si je devais l'être seul.

— Si vous lisiez dans mon cœur, lui répondit Ruth, vous verriez que la loi de ma mère lui est bien douce. — Booz tombe à ses pieds et remercie le ciel avec effusion; il promet à Ruth de consacrer le reste de ses jours à la rendre heureuse. Ils vont se jeter dans les bras de Noémi, et le plus saint des nœuds unit bientôt leurs destinées. Dieu bénit leur hymen en leur donnant un fils qui fut l'aïeul de David. Et Noémi ne pouvait quitter le bel enfant qu'elle comblait de caresses, et, le montrant endormi sur son sein, disait avec un doux orgueil : — Vous pouvez m'appeler Noémi.

LES DISCIPLES D'EMMAUS.

La soirée était douce et pure, le soleil se couchait dans des nuages de pourpre derrière les montagnes, les fleurs dont avril parait la terre exhalaient leurs parfums, et les oiseaux chantaient dans le feuillage. La nature semblait en fête et invitait tous les cœurs à la joie. Insensibles à ses charmes, deux hommes cheminaient silencieux et graves sur la route qui mène de Jérusalem à Emmaüs. Ils jetaient à peine un regard triste et indifférent sur toutes les splendeurs d'un soir de printemps, et semblaient ensevelis dans de douloureuses pensées. A de longs intervalles, de rares et brèves paroles s'échappaient de leurs lèvres, puis ils se replongeaient dans leur méditation mélancolique.

Comme ils s'approchaient du bourg d'Emmaüs, un troisième voyageur les joignit : c'était un homme dans la fleur des années, dont la figure noble et gracieuse s'embellissait d'une ineffable expression de bienveillance et de bonté : — De quoi vous entretenez-vous ainsi dans votre chemin, frères, leur dit-il, et d'où vient que vous êtes si tristes ? Les deux voyageurs levèrent vivement la tête au son de cette voix grave et pénétrante, baissèrent aussitôt les yeux comme éblouis par l'éclat du regard limpide de leur compagnon, dont la vue et les paroles leur remuaient le cœur d'une façon singulière. Enfin, l'un d'eux lui répondit : — Êtes-vous seul si étranger dans Jérusalem, que vous ne sachiez pas ce qui s'est passé ces jours-ci. — Eh quoi ? — La mort de Jésus de Nazareth, qui a été un prophète puissant en œuvres et en paroles devant Dieu et devant tout le peuple, et que les princes des prêtres et nos sénateurs ont livré pour être condamné à mort et fait crucifier. Cependant nous espérions que ce serait lui qui délivrerait Israël, mais il n'y a plus

Louis Roux.

Lemoine del. Challamel édit. 4 R. de l'Abbaye S.G. Imp. Bertauts Paris

Jésus et les disciples d'Emmaüs

rien à espérer, puisque voici déjà le troisième jour que ces choses se sont passées. Il est vrai que quelques-unes des femmes qui étaient avec nous nous ont étonnés; car étant allées dès le grand matin à son sépulcre, et n'y ayant point trouvé son corps, elles sont revenues, disant que les anges mêmes leur ont apparu, et leur ont assuré que le Christ est vivant. Alors quelques-uns des nôtres se sont aussi rendus au sépulcre, ont trouvé tout conforme au récit des femmes, et sont revenus sans avoir trouvé le corps qu'ils y avaient vu déposer l'avant-veille. Telle est la cause de notre mélancolie, et le sujet de nos réflexions.

— O hommes de peu de foi ! reprit le voyageur, insensés, lents de cœur à croire tout ce qu'ont dit les prophètes ! pourquoi vous troubler et dire dans le fond de votre pensée : nous avons faussement mis notre espoir dans Jésus de Nazareth. Que savez-vous s'il ne remplira pas sa parole en sauvant Israël? Ne fallait-il pas que le Christ souffrît ainsi avant d'entrer dans sa gloire ! — Et commençant par Moïse, puis continuant par tous les prophètes, il leur expliqua ce qui avait été dit du Christ dans les Écritures.

Ses paroles coulaient en abondance avec une clarté, une éloquence à la fois simple et grandiose qui les confondait d'admiration. Il semblait que jusqu'à ce jour ils eussent lu les Écritures en aveugles, tant ils y découvraient de beautés et de mystérieuses prophéties dont la magnifique interprétation de cet homme singulier leur découvrait le sens caché. Il ouvrait à leur pensée un nouveau monde où tout devenait lumière et vérité; aussi l'écoutaient-ils avec une sorte d'extase, retenant leur souffle, et pour ainsi dire enivrés de sa parole.

Lorsqu'il leur eut ainsi déroulé le cours des prophéties, ils aperçurent dans la brume la fumée des cheminées d'Emmaüs et ne tardèrent pas à y entrer. Ils s'arrêtèrent à la porte de l'hôtellerie, mais leur compagnon refusa de s'y reposer, et s'obstina à continuer sa route. — Entrez avec nous, frère, lui répétèrent-ils, les ombres s'allongent et la route est déserte. Pourquoi vous exposer à de funestes rencontres, au lieu de prendre le repos dont vous avez besoin? Nous voyons que vous êtes un homme pieux et savant; restez avec nous jusqu'à demain, nous parlerons de celui qui nous est cher : c'est au nom de notre maître commun, de Jésus le Nazaréen, que nous vous en conjurons. — Et le saisissant de chaque côté de sa robe, ils le firent entrer dans l'hôtellerie. Ils déposèrent leurs bâtons et leurs paquets, et s'assirent à une table solitaire où on leur servit bientôt du poisson et des fruits. Avant de toucher aux aliments, l'inconnu se leva, prit le pain, le bénit, et l'ayant rompu, le leur donna.

Soudain leurs yeux s'ouvrirent, ils relevèrent vivement leurs têtes que le respect avait inclinées, et, proférant un cri de surprise, tombèrent la face contre terre. C'était Jésus ! C'était le Christ lui-même qui était avec eux, et qu'un voile surnaturel placé devant leurs yeux les avait empêchés de reconnaître plus tôt. Ils se précipitèrent pour embrasser ses pieds, pleurant de joie et d'amour; mais une grande lueur se fit, ils portèrent la main à leurs yeux éblouis, et quand ils purent regarder, ils étaient seuls. Ils restèrent longtemps en prière et épanchèrent leur âme devant le Seigneur. Puis ils se levèrent et repartirent sur-le-champ pour Jérusalem, s'entretenant en chemin des circonstances de ce miracle, et se disant l'un à l'autre : N'est-il pas vrai que notre cœur était tout brûlant en nous, lorsqu'il nous parlait durant le chemin et qu'il nous expliquait les Écritures. Ils allèrent trouver les apôtres assemblés avec les disciples, qui leur dirent : Le Seigneur est ressuscité, il a apparu à Simon. Ils racontèrent alors ce qui leur était arrivé en chemin, et comment ils l'avaient reconnu à la fraction du pain.

Clotilde Gérard (Mme P. Juilleran)

Baron del.[t]   Imp. Petit et Bertauts r. du Jour 3

Sainte Elisabeth, Reine de Hongrie.

Dans une de ses promenades rencontre un petit mendiant qu'elle ramène à son Château.

SAINTE ELISABETH DE HONGRIE.

Elle passa faisant le bien.

Que de bonté est empreinte sur ce gracieux visage de femme! avec quelle tendre sollicitude elle regarde ce pauvre enfant à peine couvert de haillons qu'elle ranime sous son manteau. Voyez, il faut qu'elle le force pour ainsi dire à monter l'escalier, car il est tout honteux de poser ses pieds nus sur les marches de marbre qui conduisent au château. Elle le rassure de sa douce parole, le caresse du regard et semble tout heureuse du butin qu'elle a fait. Sa promenade matinale n'a pas été perdue puisqu'elle y a trouvé le motif d'une bonne action. Un pauvre enfant osait à peine tendre tristement son chapeau pour lui demander l'aumône, elle le recueille et se charge de lui servir de mère.

Voilà un des épisodes si communs dans la vie de celle que l'Allemagne du XIIIe siècle surnomma *la mère des pauvres* et que l'Église a béatifiée sous le nom de Ste Élisabeth de Hongrie.

C'est une histoire touchante que celle de cette vertueuse princesse dont la vie si courte fut si bien remplie de bonnes œuvres et de bienfaits.

Élisabeth, fille d'un roi de Hongrie, était encore au berceau lorsque Hermann, landgrave de Thuringe, prince de Hesse et de Saxe et comte palatin, l'envoya demander en mariage pour le prince Louis qui n'était aussi qu'un enfant. Le futur beau-père obtint même qu'elle lui fût envoyée sous la conduite de dame Berthe, sa gouvernante. La petite fille fut remise aux ambassadeurs du landgrave, dans un petit lit d'argent ciselé, avec des dentelles, des robes magnifiques, des pierreries, de la vaisselle d'or et d'argent, et mille marcs pour sa dot. Elle fut élevée avec Agnès, sœur de son fiancé, et lorsqu'il fallait aller à l'église, Sophie, mère du jeune landgrave, les parait toutes les deux de la même façon, leur ceignait le front d'une couronne enrichie de pierreries, et les faisait marcher devant elle, écoutant avec orgueil les exclamations d'admiration que provoquait la belle mine de ses deux enfants. Mais une fois à l'église, Élisabeth déjà pieuse, déposait sa couronne, croyant commettre une irrévérence de porter une couronne de pierreries en un lieu où elle voyait Jésus-Christ couronné d'épines.

Sa piété grandit avec elle, et sa belle-mère, et sa belle-sœur, dont le caractère vain et frivole ne pouvait sympathiser avec ses goûts austères et religieux, commencèrent à la prendre en aversion. Profitant de l'absence du jeune prince qui lui était destiné, elles répandirent de méchants bruits et de sots bavardages sur le compte d'Élisabeth. Puisqu'elle se plaisait tant avec les petits et les pauvres, il fallait la mettre en religion. Ni son bien ni sa beauté ne répondaient aux qualités du prince, qui d'ailleurs ne s'en souciait guère, et mille autres sornettes du même goût. Heureusement que le prince Louis arriva et mit un terme aux mauvais bruits en épousant sa chère Élisabeth. Aussi vertueux qu'aimant, ce prince fit le bonheur de celle-ci, qui se prit à tant l'aimer, qu'elle le suivait partout, partageant ses voyages, ses fatigues et ses dangers. Elle s'adonnait avec enthousiasme aux pratiques de religion et poussait la ferveur jusqu'à se vêtir des étoffes les plus communes et à s'administrer la discipline tous les vendredis. Ce qui nous semble beaucoup plus méritoire, c'est sa charité réellement évangélique; ne se contentant pas de loger, nourrir et habiller une foule de pauvres, elle était si compatissante, qu'elle les soignait elle-même de ses mains royales et qu'on l'a vue nettoyer les malheureux les plus souillés de vermine ou de lèpre, et combler cette héroïque charité par la patience avec laquelle elle supportait les représentations de ses femmes à ce sujet. Pleine du véritable esprit de l'Évangile, elle pensait que nul n'est dispensé de travailler, et s'occupait à filer de la laine ou à dévider, pour faire des étoffes qui devaient vêtir des pauvres ou des religieux.

En 1225 une famine désola l'Allemagne, et Élisabeth profita de l'absence de son mari pour faire distribuer aux pauvres de Thuringe et de Hesse tout le blé qu'on avait recueilli sur ses domaines. Et jugez de l'ingénieuse délicatesse de cette âme si généreuse. Elle se dit que les pauvres et les vieillards ne pouvaient monter qu'avec beaucoup de peine au château de Marpurg, perché sur un roc élevé. Elle fit donc bâtir dans la vallée un grand hôpital où elle descendait plusieurs fois par jour pour vaquer par sa présence à tous les besoins de ses protégés. Elle leur préparait souvent à manger elle-même, levait les plus faibles, faisait leurs lits et souffrait avec une constance surprenante l'infection de ce lieu pendant la chaleur de l'été. Elle nourrissait neuf cents pauvres, sans compter ceux qui vivaient de ses bienfaits dans toute la province. Aussi intelligente que bonne, elle ne prétendait pas entretenir l'oisiveté chez ceux qui étaient en état de travailler, mais leur faisait distribuer des occupations suivant leurs forces. Elle les munissait de vêtements, de souliers et de faucilles, et les envoyait par bandes travailler à la moisson. Le landgrave, à son retour, se vit entouré des trésoriers, se plaignant des prodigalités de la princesse. Il répondit qu'il était trop heureux qu'elle eût fait bénir son nom dans tous ses États. Ce bon et généreux prince était bien l'époux qu'il lui fallait. Hélas! pourquoi faut-il que leur bonheur ait été si court et que tant d'épreuves aient été réservées à la pieuse princesse! Son mari bien-aimé partit pour la croisade; leur séparation fut déchirante, ils semblaient pressentir qu'ils ne se reverraient pas. En effet, le prince Louis mourut à Otrante, à la fleur de son âge. Perte irréparable qui fut pour Élisabeth le prélude de nouveaux malheurs.

Le jeune Henri, son beau-frère, gouverna sous la direction des grands, qui, bassement irrités contre l'éclatante vertu d'Élisabeth, la dépouillèrent de ses biens et la chassèrent du palais. Elle, fille de roi et veuve de prince, se vit forcée de mendier un asile qu'on n'osait lui accorder (tant était grande la terreur qu'inspiraient ses brutaux ennemis), et de chercher un dernier refuge dans une église, où on lui apporta ses enfants, réduits comme elle à la plus affreuse misère. Pas une plainte ne sortit de sa bouche, pas une pensée de haine et de vengeance n'entra dans son cœur, tout occupé de l'amour de Dieu et des pauvres.

Une si grande infortune eut du retentissement dans l'Allemagne, où le nom d'Élisabeth était glorieux et chéri. L'abbesse de Kilzing, sa parente, ayant appris ses malheurs, la fit conduire vers son oncle, l'évêque de Bamberg, qui bientôt la reçut à bras ouverts, et la logea dans un de ses châteaux. Bientôt les chevaliers qui avaient accompagné son époux revinrent dans leurs foyers, et forcèrent les barons qui l'avaient dépouillée, à lui rendre sa dot et son douaire. Ce fut une grande joie pour Élisabeth, qui s'empressa de faire usage de ses richesses en rassemblant à son de trompe les pauvres de Thuringe, de Hesse et de Saxe, et leur distribuant ses biens.

Elle vivait retirée, répandant autant de bienfaits que le lui permettaient les faibles ressources qu'elle s'était ménagées. Qui l'eût cru? la calomnie qui ne respecte rien empoisonna encore sa vie si modeste et si bien occupée, et la força de chercher le repos à Marpurg. Là, elle se fit bâtir une petite maison de terre et de bois, basse, étroite, mal jointe, où elle se logea avec ses enfants. Elle n'en sortait que pour aller à l'église ou à l'hôpital qu'elle avait fondé dans des temps plus heureux. Sa nourriture se réduisait à des légumes cuits à l'eau, qu'elle mangeait sans assaisonnement avec de gros pain. Une robe de laine brute emprisonnait sa taille gracieuse et étalait de nombreux raccommodages de diverses couleurs. Ses dons et ses aumônes épuisèrent bientôt ses faibles ressources, et il fallut travailler pour vivre. Malgré sa misère, elle soulageait encore bien des souffrances, et l'on cite un orphelin paralytique, puis un lépreux, puis un enfant en langueur, qu'elle recueillit et soigna jusqu'à leur mort. Peu à peu, cependant, ses forces trahirent son courage, et il lui fallut se mettre au lit.

Hélas! la mère des pauvres avait fini sa courte mais laborieuse carrière. Elle s'éteignit le 19 novembre 1231.

Ainsi périt, à vingt-quatre ans à peine, cette princesse si belle et si bonne, à jamais célèbre par ses malheurs et ses vertus. Doux modèle de pieuse résignation et d'ardente charité, elle a passé sur la terre, consolant et soulageant les malheureux sans jamais penser à ses propres souffrances, et son nom est vénéré parmi ceux des bienfaiteurs de l'humanité.

G. Dauphin.

Challamel Éditeur 4 r. de l'Abbaye (F.S.G.)

UNE SAINTE FEMME.

Vidit suum dulcem natum,
Morientem desolatum,
Dùm emisit spiritum.

Dans le fond d'une vallée solitaire de l'Andalousie, où une petite rivière promène ses eaux calmes et limpides entre deux coteaux tapissés d'une riche verdure, on voyait, il y a un siècle, des clochers percer le feuillage et élancer vers le ciel leurs aiguilles de granit. Le voyageur qui cheminait avant l'aurore par les sentiers enfouis sous les branches et les feuilles, s'approchait sans rien voir et s'arrêtait surpris pour écouter les bouffées sonores des cloches matinales. Arrivait-il à la rivière, il voyait tout à coup s'élever un couvent sur l'autre bord, mirant dans les ondes ses ogives et ses arceaux aux fines dentelures.

C'est dans cette humble et fraiche retraite que de saintes femmes étaient venues chercher la paix de l'âme loin des vanités et des misères du monde. Leurs jours s'écoulaient tranquilles et purs comme la paisible rivière qui baignait leur asile, partagés entre le travail, la prière et la méditation. Cette vie douce et réglée n'était pas sans charmes; leur ciel était si beau, leur air si pur, leur vallée si fraiche et si riante, leur rivière si limpide, qu'il leur était bien doux de promener leurs regards et leurs rêveries fugitives dans les nuages ou sous la feuillée, sur les eaux ou dans les lointaines vapeurs de l'horizon.

La sérénité de ce site enchanteur se reflétait sur leur visage et semblait influer même sur leur caractère, car jamais couvent ne vit tant de douceur et de concorde entre ses habitants, et l'abbaye de Santa-Maria del Pilar était célèbre à ce titre dans toutes les Espagnes.

Or, parmi les recluses de ce couvent privilégié, une surtout affec-

4

tionnait singulièrement cette vie contemplative. C'était une belle jeune femme, à la noire chevelure, au grand œil bleu noyé dans une vaporeuse langueur, au doux et pâle visage dont l'ovale fin et allongé rappelait les madones du peintre d'Urbino. Naguère encore, elle était la perle de Séville, la reine des fêtes et des sérénades... Tout à coup, et sans que nul pût en deviner la cause, elle avait fui loin du monde. Elle était venue tout éplorée demander le repos et peut-être l'oubli à la vie du cloître. Longtemps elle avait pleuré, puis la mélancolie avait peu à peu séché ses larmes et calmé son cœur. Cette fertile vallée, ces eaux et ces ombrages, ce parfum de poésie qui s'exhale d'une nature riche et généreuse avaient fait sur elle une vive impression, et la rêverie était devenue un besoin impérieux pour cette âme puissante. Elle passait de longues et délicieuses soirées, assise sur la terrasse du bord de l'eau, contemplant le soleil couchant derrière les grands arbres, écoutant avec ravissement les mille bruits des eaux et du feuillage, respirant les douces senteurs et les chaudes brises de la vallée. Immobile, le regard perdu dans un vague indéfinissable, tandis qu'un sourire de béatitude entr'ouvrait ses lèvres, elle restait encore longtemps après que la pourpre du couchant avait pâli sous les ombres du soir. On ne lui entendait jamais murmurer qu'une parole qu'elle répétait avec une singulière expression d'extase : *Dieu! Dieu!*

Mais l'hiver vint, les feuilles tombèrent et la vallée perdit sa parure. Ce fut un coup terrible pour sœur Dolorès. Quand elle vit son beau ciel voilé de gris, ses eaux limpides grossies et troublées de vase, ses grands arbres dépouillés lui tendant tristement leurs bras décharnés, elle inclina la tête comme la fleur séchée sur sa tige, et son regard s'assombrit de jour en jour. Un notable changement fut alors remarqué dans ses habitudes et ses idées. Par un effet de réaction ascétique, elle en vint à se reprocher ses contemplations des beautés d'une nature périssable. Ce sentiment d'admiration et de reconnaissance si naturel, et, j'ose le dire, si réellement religieux, lui sembla répréhensible parce qu'elle y avait pris trop de plaisir, comme si Dieu, si souverainement bon, n'avait pas fait les belles choses pour recevoir l'hommage de notre admiration et de notre bonheur.

On la trouvait souvent dans la chapelle, abîmée dans ses méditations, le front inspiré, l'œil fixe et ardent. Elle se tenait pendant ses longues extases devant un grand tableau dont le sujet grave et douloureux n'était que trop propre à entretenir cette exaltation dévorante. C'était la Vierge évanouie à la vue de la couronne d'épines et des clous teints de sang de son divin Fils. Les saintes femmes la retenaient doucement dans leurs bras, aidées de saint Jean, l'apôtre bien-aimé, qui mouillait de ses larmes les vêtements de sa mère adoptive. Il y avait dans cette scène une douleur muette et imposante qui allait au cœur de Dolorès; le regard de la Madeleine surtout, regard profond d'amour et de désespoir, la faisait frémir de pieuse compassion et de divine tendresse. Il lui semblait alors que son âme s'épanouissait en brisant sa fragile enveloppe.

Enfin la pauvre sœur Dolorès n'était plus reconnaissable; son œil s'éteignait quand il ne lançait pas des éclairs fébriles, ses joues se creusaient et ses lèvres bleuies ne savaient plus sourire. Une ardeur religieuse la consumait et, à mesure que les fêtes de la Passion approchaient, son exaltation semblait s'accroître. Ses sœurs la regardaient comme une sainte et respectaient son pieux délire dont les ravages étaient de jour en jour plus apparents.

Enfin le Vendredi saint arriva, et Dolorès affaiblie par les jeûnes et l'extase trouva à peine la force de se lever pour entendre l'évangile. Cependant une religieuse devait chanter le *Stabat* de Pergolèse, et déjà l'orgue préludait mélancoliquement à cette hymne si suavement funèbre. Il avait fini, et la cantatrice retardée ne répondait pas à son grave appel.

Tout d'un coup Dolorès se lève, l'œil en feu, et le front inspiré; elle chante, et sa voix s'élève sonore et pénétrante au milieu de ses compagnes étonnées; ses accents sont tendres et passionnés; jamais voix si pure, si expressive n'avait frappé les échos de la chapelle. A chaque strophe sa voix se ralentit et devient plus déchirante; on croirait entendre la mère du Christ elle-même, la mère de douleur, raconter les tortures de son âme; on pleure, on sanglote, on étouffe dans la chapelle.

Enfin elle arrive à cette strophe :

> Vidit suum dulcem natum,
> Morientem desolatum,
> Dùm emisit spiritum [1].

[1] Elle vit son doux enfant mourir, désolé, quand il rendit l'esprit.

Sa voix se ralentit encore, et elle chante le premier vers avec une douceur ineffable : il semble voir le doux enfant de Marie; au deuxième, elle éclate avec désespoir et scande douloureusement ces funestes paroles : *Morientem desolatum*. Enfin, au dernier, sa voix s'affaiblit, et l'on n'entend plus les derniers mots. Pendant que l'orgue lui répond de ses plaintes harmonieuses, elle s'affaisse doucement, et l'on attend en vain qu'elle reprenne le verset suivant.

Les anges ont une sœur de plus...

Ainsi finit Dolorès. Le couvent de Santa-Maria est depuis longtemps en ruines, mais on voit encore, sur les bords de la rivière qu'elle aima, une blanche pierre avec ces mots :

CI GÎT DOLORÈS

MORTE LE VENDREDI-SAINT.

Cosnuel Lith. Challamel éditeur

LA Ste VIERGE ET St JOSEPH CHERCHANT L'ENFANT JESUS

par Dager de Dusseldorff

L'ENFANCE DE JÉSUS.

L'enfance de Jésus s'écoula heureuse et calme dans l'humble ville de Nazareth, sous l'œil d'une tendre mère qui lui prodiguait les plus doux soins. Il croissait en grâce, en âge et en sagesse devant Dieu et devant les hommes. Tantôt il errait sur la montagne où s'appuie la ville, cherchant des fleurs pour les apporter en courant à sa mère qui le payait d'un sourire d'amour; tantôt il se glissait dans l'atelier où le bon Joseph gagnait sa vie à la sueur de son front, et là obtenait de s'essayer à quelque petit travail qui le rendait bien fier. Du reste, jamais on ne vit tant de douceur et de bonté que dans ce divin enfant qui faisait la joie et l'orgueil de ses parents, dont il respectait aveuglément les moindres volontés. Son enfance fut ce que devait être sa vie, un dévouement continuel pour le bonheur de tout ce qui l'entourait. N'est-ce pas un spectacle attendrissant que ce petit Jésus qui grandit, pour sauver le monde, dans l'humble chaumière de deux pauvres ouvriers, partageant leurs travaux et leurs privations. Que ne donneriez-vous pas pour le voir avec son beau front blanc et candide, ses grands yeux bleus, sa blonde chevelure et son céleste sourire! Dans l'âge où la vie est encore un jeu, il étonnait déjà parents et étrangers par la haute sagesse qui brillait en lui. Je n'ai pas besoin de vous dire que jamais il ne causa le moindre chagrin à sa famille; son cœur se fût brisé s'il eût craint seulement d'affliger sa mère. Dans une circonstance seulement, il leur donna bien de l'inquiétude, mais, comme il le leur dit, c'était pour le service de Dieu. Voici à quelle occasion.

Joseph et Marie se rendaient tous les ans à Jérusalem pour y célébrer la Pâque. Lorsque Jésus eut atteint sa douzième année, ils y allèrent suivant leur coutume dans le temps des fêtes et l'emmenèrent avec eux. Après que les jours des fêtes furent passés, ils se disposèrent à s'en retourner, mais l'enfant n'était pas avec eux, et ils ignoraient ce qu'il était devenu. Ne le trouvant pas et ayant trop de confiance en sa sagesse pour s'inquiéter beaucoup d'avance, ils se persuadèrent qu'il était parti en avant avec quelqu'un de leurs amis ou de leurs connaissances; après avoir marché tout un jour sans découvrir ses traces, ils le cherchèrent parmi tous ceux qui venaient de Jérusalem. Personne ne l'avait vu. Une horrible angoisse contracta le cœur de la mère et un nuage assombrit la figure ouverte du charpentier. Ils s'en allèrent, graves et la mort dans l'âme, demandant des nouvelles au mendiant accroupi sur le bord du chemin, au voyageur qui se repose, au laboureur qui féconde ses champs de ses sueurs. Partout on leur répondait tristement qu'on n'avait rien vu, et les regards des mères, comme celui des pères et des jeunes filles les suivaient avec compassion. Ils se rendirent ainsi à Jérusalem, et pendant trois jours d'une longueur mortelle cherchèrent en vain leur enfant bien-aimé. Enfin, Marie désespérée s'élance dans le temple pour se précipiter aux pieds des autels, et, la face contre terre, obtenir de Dieu par ses cris et ses larmes que son précieux fils lui soit rendu.

De graves paroles troublaient le silence de la vieille synagogue : des vieillards, des docteurs à la voix lente et mesurée discouraient savamment sur les choses de Dieu et de la sagesse. Au milieu de leurs têtes grises on voyait, comme une rose dans un buisson, une blonde chevelure bouclée encadrant une fraîche figure d'enfant qui écoutait avec un grand sérieux et donnait son avis, à la grande stupéfaction des barbons qu'il confondait par sa sagesse. Avant de l'avoir vu, Marie s'était précipitée, son cœur l'avait reconnu ; c'était Jésus en effet qui, demeuré à Jérusalem, était entré dans le temple, où il dissertait sur les Écritures. Lors donc que ses parents virent le docteur de douze ans, ils furent saisis d'étonnement, et sa mère lui dit : « Mon fils, pourquoi avez-vous agi ainsi envers nous ? Voilà votre père et moi qui vous cherchions, étant affligés. » Il leur répondit : « Pourquoi est-ce que vous me cherchiez ? Ne savez-vous pas qu'il faut que je m'occupe à ce qui regarde le service de mon père ? » Je doute que la mère de mes jolies lectrices se fût contentée d'une semblable réponse ; mais Marie savait que son fils ne lui appartenait pas, mais appartenait à Dieu et au salut du monde. Qu'était-ce, après tout, que cette inquiétude, auprès des mille douleurs qui devaient accabler la mère du Christ. Elle ne comprit po paroles, mais confiante dans sa sagesse précoce, elle l'embrassa tendrment et l'emmena hors du temple; un murmure d'admiration courut parmi les siéges des docteurs quand l'enfant passa au milieu d'eux, et un sentiment d'orgueil agita doucement le cœur de ses parents.

Ils sortirent de la ville et reprirent le chemin de Nazareth; la route fut heureuse et gaie, et l'enfant recueillait partout les caresses des femmes, les sourires des jeunes filles et les bénédictions des vieillards. Son front était marqué d'un signe divin, il semblait qu'une auréole d'amour et d'intelligence y rayonnât, car nul ne pouvait le voir sans se sentir ému, et jamais tant de grâce, tant de douceur et de bonté n'avait ennobli un visage humain. Depuis ce jour où sa profonde pensée s'était révélée si admirablement, il sembla s'éveiller à une nouvelle vie; il s'en allait par les grands bois pleins d'ombre et de mystère, courbant son beau front sous sa méditation mélancolique. La vue des misères humaines lui faisait verser de brûlantes larmes, et son jeune cœur amassait un calice d'amertume grossi par chaque douleur qu'il découvrait dans le monde.

Son ardente charité ne se bornait pas à des vœux stériles : jamais il ne laissa échapper l'occasion de faire le bien qui était possible. Il s'ingéniait à trouver les moyens de multiplier ses bienfaits, et à chacun de ses bienfaits il ajoutait le parfum de sa douce parole, si douce et si consolante qu'elle allait droit au cœur et mouillait les yeux de larmes d'attendrissement. Son nom était la vénération et l'amour des vieux comme des jeunes, et il suffisait de le voir pour lui vouer une amitié profonde et dévouée. Joseph et Marie l'aimaient avec bonheur et la sainte famille coulait des jours purs et sereins dans le travail, l'amour de Dieu, et la pratique du bien. Parfois, un nuage passait sur le front de la mère au souvenir des sinistres prédictions qui annonçaient qu'elle serait la plus glorieuse, mais aussi la plus malheureuse des femmes. Mais quand elle voyait cet enfant doué de tant de charmes elle se persuadait que cette divine attraction qu'il exerçait sur tous ceux qui l'approchaient ne ferait que s'accroître avec l'âge, et que les peuples séduits viendraient l'implorer à genoux de les guider dans les voies de la justice et de la vérité.

Telle fut l'enfance de Jésus; un jour, il quitta la hache et la scie pour aller seul lutter contre les préjugés et les iniquités de quarante siècles d'erreurs. Lutte effrayante qu'il scella de sa mort, mais d'où devait sortir le bonheur du genre humain; car le fils du charpentier est venu apporter aux hommes la loi d'amour et de vérité.

TABITHA.

I.

Par un chemin poudreux où le soleil dardait ses rayons brûlants, s'avançait péniblement un voyageur haletant de sueur et couvert de poussière. Sa figure grave et puissante, son front carré, sa barbe majestueuse et touffue annonçaient un homme dans la force des années, et pour courber ainsi ses larges épaules il fallait la fatigue d'une longue course à pied dans les sables. Ce voyageur était Pierre l'apôtre, le pêcheur d'âmes, l'homme du Christ, qui allait de ville en ville, annonçant la foi nouvelle, et embrasant les cœurs de sa parole.

Bientôt il entra sous les bosquets touffus de figuiers et de sycomores qui voilent d'un riant manteau de verdure les sombres remparts de la ville de Joppé, et l'ombre plus épaisse rafraichit son front brûlant. Une maison se montra isolée sous le feuillage, puis une autre, puis un groupe, puis le hameau qui annonça la ville. Une jeune femme au doux et frais visage filait en chantant sur sa porte : elle se tut en voyant le voyageur haletant et poudreux, et considéra ses traits nobles et sévères. De son côté, Pierre s'arrêta et laissa tomber sur elle son regard perçant qui se reposa avec complaisance sur cette heureuse physionomie aussi bienveillante que gracieuse.

La jeune femme rompit le silence et se levant avec empressement :
—Daignez, dit-elle, vénérable étranger, entrer et vous asseoir sous mon toit. La chaleur est lourde sur le chemin, et la plaine est aride. La fatigue incline votre front, et la soif brûle vos lèvres. Entrez, et que l'hospitalité de Tabitha vous soit douce.

Pierre, secouant la poussière de ses vêtements, entra, déposa son bâton

Caoulois.

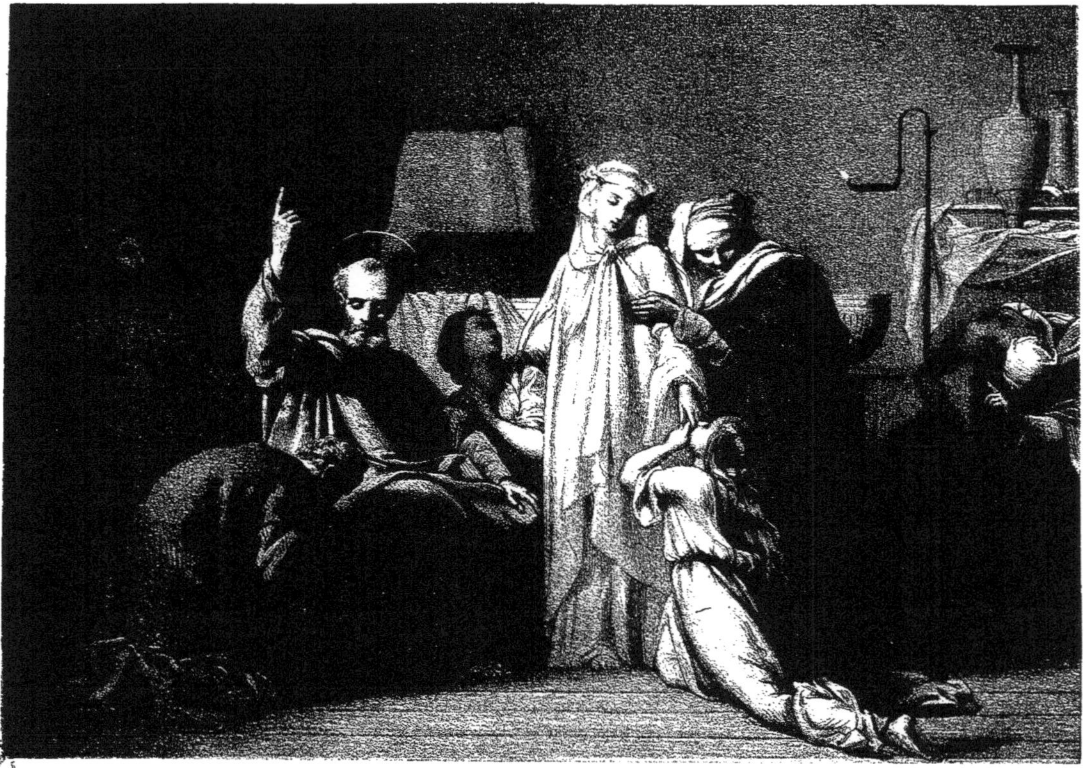

Chaumont édit 48 de l'Abbaye S.G. — Imp. Bertauts Paris

Tabitha ressuscitée par S.t Pierre

noueux et s'assit. Tabitha lui servit des fruits et du laitage, et pendant qu'il se rafraichissait, elle ne pouvait se lasser de contempler sa tête majestueuse, d'où rayonnait une attrayante auréole dont elle subissait l'influence secrète. Quand il eut fini, il fixa ses yeux sur ceux de la jeune femme qui les baissa toute confuse, et lui parla de Dieu, du Christ et de la vie éternelle. Et ce qu'il lui dit la surprit grandement, car il lui sembla qu'elle s'éveillait à une vie nouvelle; haletante et rouge d'émoi, elle dévorait les paroles qui coulaient abondantes et affectueuses des lèvres inspirées de l'apôtre. Bientôt de douces larmes s'échappèrent de ses yeux et mouillèrent son visage quand Pierre parla de l'amour du Christ pour les hommes et de son ineffable bonté; puis le récit de sa mort et de ses souffrances brisa son cœur et lui arracha des sanglots. Enfin, confondue, ravie, son âme était passée dans ses oreilles pour entendre plus vite ces choses si grandes et si nouvelles. Les paroles de l'apôtre se pressaient onctueuses et brûlantes, son œil lançait des éclairs, son front s'éclairait de lueurs surnaturelles; Tabitha était tombée à genoux, et levait en extase les mains et les yeux vers le ciel. — Sois donc chrétienne, s'écria-t-il enfin, car la grâce a touché ton âme! Et lui imposant les mains, il la baptisa.

Pierre resta quelques jours à Joppé, et quand il partit, de nombreux prosélytes propageaient avec zèle la parole divine; mais nul n'approchait de l'ardeur qui embrasait Tabitha. Cette jeune femme, si gracieuse et si jolie, était naguère encore l'idole des fêtes et des danses; mais depuis que la grâce avait touché son cœur, elle fuyait ses jeunes compagnes et leurs joyeuses folies pour se livrer aux douceurs de la bienfaisance et de l'aumône. Bientôt elle devint la providence des pauvres, et ses bienfaits apprenaient aux malheureux à vénérer le nom glorieux du Christ.

II.

Un an s'était écoulé et la parole du Christ avait fructifié dans la Judée. Pierre était dans une ville voisine de Joppé, nommée Lydda, où il prêchait et baptisait, signalant comme partout son passage par des miracles et des bienfaits. Un jour qu'assis au bord d'une fontaine, l'apôtre haranguait la multitude, deux hommes fendirent précipitamment la foule, et lui dirent d'un ton suppliant : — Venez en toute hâte avec nous, Tabitha est morte! Pierre se voilant la face, resta immobile de douleur. Ils lui répétèrent leur prière, et, semblant s'éveiller d'un songe, il se leva calme et grave, et les suivit.

Arrivés à Joppé, ils le conduisirent dans le cénacle où l'on avait déposé le corps après l'avoir lavé et parfumé; et il s'approcha, écartant doucement les veuves et les pauvres femmes de la ville qui l'entouraient en sanglotant et lui montraient les tuniques et les habits qu'elles devaient à la bonté de Tabitha. Il contempla dans un morne silence ce pâle visage, si doux et si calme que la mort y ressemblait au sommeil, puis, ayant fait signe qu'on le laissât seul, il se prosterna à genoux et pria. Après une brûlante oraison où passa toute son âme, il se leva radieux de confiance et de majesté, et, le bras étendu vers le cadavre, s'écria : — Tabitha ! lève toi !... Elle souleva ses paupières, ouvrit péniblement les yeux, regarda autour d'elle comme en s'éveillant d'un songe, et, voyant Pierre, se leva lentement sur son séant. Pierre lui donnant la main, la releva, et appelant ses parents et les assistants, la leur montra vivante et debout.

Qui oserait décrire la joie de ses sœurs, de sa mère et de son époux ! c'est au pinceau plutôt qu'à la plume de retracer cette scène si pathétique. Ses deux sœurs lui baisent les mains en contemplant avec ravissement ses yeux d'où partent de brillants et doux rayons, ses joues que la la vie colore, sa bouche redevenue rose et souriante. Voyez avec quelle joie surprise et encore inquiète sa mère s'assure des battements de son cœur. Son époux est tombé le front dans la poussière, et baise avec effusion le bas de la robe de Pierre, qui lui montre le ciel d'un geste sublime qui signifie que c'est à Dieu et non pas à lui qu'il faut adresser des actions de grâces. Un homme du Christ, un compagnon de l'apôtre, contient à l'entrée la foule avide de revoir celle qui lui est si chère, et attend que la première ivresse de la famille se soit calmée pour lui laisser manifester sa joie et son amour.

Le bruit de cet événement émut Joppé tout entière, et beaucoup crurent au Seigneur. Tabitha, rappelée ainsi sur la terre, vécut de longues années qu'elle passa dans la paix et le bonheur à faire du bien.

A. Léthorae del. — Challamel edr 4 R. de l'Abbaye S.G. — Imp. Bertauts, Paris

Jérémie prophète

JEREMIE ET BARUCH.

Scène imposante et grosse d'effroi : Sur les dalles de marbre est enchaîné un vieillard au front puissant, à l'œil profond, à la figure osseuse, aux traits vigoureusement accentués, à la barbe blanche et onduleuse. Il se soulève avec effort sur sa couche de pierre, et ses bras robustes ont peine à soutenir son corps courbé sous le fardeau de je ne sais quelles pensées.

Quelle expression lire sur cette tête appesantie? Est-ce la douleur, est-ce la colère, est-ce l'étonnement ou la fureur? Tous ces sentiments s'y peignent à la fois avec une étrange énergie. Ses sourcils sont contractés, son regard est douloureux, sa bouche est menaçante. Plus on contemple cette figure gigantesque, plus elle apparaît effrayante et sombre. C'est Jérémie le prophète, le lugubre augure des dévastations et des épouvantements. Il est captif d'un roi impie, et le Seigneur lui dicte ses menaces contre la ville rebelle, la folle Jérusalem qui s'endort dans les chants et dans l'ivresse, pendant que les paroles de mort planent sur l'horizon. Voyez l'ange des vengeances, le bras tendu, l'œil plein d'éclairs, les cheveux au vent, les ailes hérissées; un frisson de fureur passe dans ses membres; il se baisse, il se replie comme pour fondre sur sa proie, et sa bouche amère lance à flots pressés, avec une sombre joie, les décrets épouvantables de Jehovah irrité. Un nuage noirâtre et livide, où brillent çà et là des rayons blafards, semble accourir à son geste, et dévorer l'horizon embrasé de lumière; aux pieds du prophète un jeune homme transcrit les paroles rapides qui tombent de ses lèvres.

Mais pourquoi essayer de dépeindre ce magnifique tableau? Citons la

Bible qui l'inspira ; n'est-ce pas la meilleure des interprétations qu'on en puisse faire ?

« Dans la quatrième année du règne de Joakim, fils de Josias, roi de Juda, la parole de Dieu se manifesta à Jérémie dans ces termes : — Prends un livre et inscris toutes mes paroles contre Israël et Juda, et contre toutes les nations depuis le jour où je t'ai parlé au temps de Josias, jusqu'aujourd'hui. — Si donc en entendant tous les maux que je médite faire à la maison de Juda, chacun rebrousse sur sa voie criminelle, je serai encore propice à leur iniquité et à leur péché.

« — Jérémie appela donc Baruch, fils de Nérias, et Baruch écrivit dans le livre, d'après Jérémie, tout ce que le Seigneur lui avait dit. — Et Jérémie donna ainsi ses ordres à Baruch : Je suis enfermé et ne puis entrer dans la maison du Seigneur. — Entres-y donc, toi, et lis le livre dans lequel tu as écrit les paroles du Seigneur parlant par ma bouche, aux oreilles du peuple, dans la maison du Seigneur, au jour du jeûne : et tu le liras encore aux oreilles de tout Juda, qui vient de ses cités, — pour voir si la prière tombera de leurs lèvres en présence du Seigneur, et si chacun rebroussera en arrière de sa voie criminelle : car c'est avec une grande fureur et une indignation terrible que le Seigneur a parlé contre ce peuple. — Et Baruch fit exactement tout ce que lui avait ordonné Jérémie le prophète, lisant dans le livre les paroles du Seigneur dans le temple.

« Or, il arriva, dans la cinquième année du règne de Joakim, fils de Josias, roi de Juda, dans le neuvième mois que l'on prêcha le jeûne en l'honneur du Seigneur à tout le peuple dans Jérusalem et à toute la multitude qui avait afflué des cités de Juda à Jérusalem. — Et Baruch lut dans le livre les paroles de Jérémie, dans la maison du Seigneur, dans le bureau de Gamarias, fils de Saphan le scribe, dans le vestibule de la porte neuve du temple ; en présence de tout le peuple. — Ayant entendu tout ce que disait ce livre, Michée, fils de Gamarias, fils de Saphan, descendit en la maison du roi, dans le bureau du scribe, et tous les princes du peuple y siégeaient. — Et Michée leur rapporta ce qu'il avait entendu lire à Baruch dans le livre aux oreilles de tout le peuple. — Aussitôt tous les princes députèrent vers Baruch Judi, fils de Nathanias, pour lui dire : Ce livre dont tu as fait la lecture au peuple, prends-le dans ta main et viens. — Baruch, fils de Nérias, prit donc le livre dans sa main et alla vers eux. — Ils lui dirent : assieds toi et lis nous cela. — Et Baruch lut le livre à leurs oreilles. — Lorsqu'ils eurent tout entendu, ils se regardèrent avec stupeur les uns les autres, et dirent à Baruch : Nous devons annoncer au roi tout ceci. — Et ils l'interrogèrent ainsi : Déclare-nous comment tu as écrit toutes ces paroles d'après lui. — Baruch répondit : Ces paroles coulaient de sa bouche comme s'il me les lisait, et je les transcrivais dans ce livre. — Et les princes dirent à Baruch : Va-t'en et cache-toi ainsi que Jérémie, et que personne ne sache où vous êtes. — Et ils se rendirent sous le vestibule du palais, après avoir confié le livre à Elisama le scribe, et rapportèrent au roi tout ce qu'ils avaient entendu.

« Et le roi envoya Judi prendre le volume : celui-ci l'ayant pris dans le bureau d'Elisama le scribe, lut en présence du roi et de tous les princes qui siégeaient autour de lui.

« Fortifiez-vous, fils de Benjamin, au milieu de Jérusalem ; que la « trompette éclate dans Thecna, que sur Béthacar se dresse la bannière, « car du côté de l'aquilon s'est montrée une vision mauvaise, pleine de « désolation. — La fille de Sion est semblable à une vierge belle et pure. « Mais les bergers et les troupeaux erreront où elle fut ; ils y dresseront « leurs tentes et chacun paîtra le bétail qu'il aura sous la main. — Contre « elle que la guerre soit sainte : Levez-vous en masse et montons sur le « midi. — Malheur à nous ! car a décliné le jour, car plus longues se sont « faites les ombres du soir. — Levez-vous et montons dans la nuit, et « nous dissiperons ses familles. — Car voici ce qu'a dit le Seigneur des « armées : Coupez les arbres de ses bois et entassez-les en monceaux au- « tour de Jérusalem. C'est la ville de mes vengeances. C'est le royaume « de l'injustice et de la calomnie. — Sa malice est froide comme les « eaux glacées de la citerne. L'iniquité et le courage s'entendent sans « cesse dans ses murs, et elle est toujours comme une immense plaie « devant mes yeux.

« — C'est pourquoi je suis plein de la fureur du Seigneur, et elle me « déborde. Versez la vengeance et sur l'enfant qui erre dans les rues, et « sur l'assemblée des jeunes gens : car l'homme sera pris avec la femme, « et le vieillard avec celui qui est encore plein de jours ; et les maisons « passeront à d'autres, ainsi que leurs champs et leurs épouses, parce « que j'étendrai ma main sur les habitants de la terre, a dit le Seigneur.

« — Écoutez, nations et peuples assemblés, apprenez tout ce que je leur « ferai. — Terre, écoute : Voici que j'amènerai des maux sur ce peuple, « fruits de leurs pensées, parce qu'ils n'ont pas entendu mes paroles et « ont dédaigné ma loi. — Pourquoi m'apporter l'encens de Saba et les « roseaux parfumés des terres lointaines ? Vos holocaustes sont rejetés et « vos victimes ne m'ont pas plu. — Et voici que je vais répandre les ruines « sur ce peuple, et tomberont l'un sur l'autre les pères et les fils, les voi- « sins et les proches. — Voici venir un peuple de la terre de l'Aquilon, et « une grande nation se lèvera en masse des confins de la terre. — Elle « saisira la flèche et le bouclier. Elle est cruelle et ne se touchera point. Sa « voix bruira comme la mer et elle montera sur ses coursiers comme un « seul homme préparé au combat contre toi, fille de Sion ! — Nous avons « entendu le bruit de sa marche et nos mains sont tombées, car nous avons « été pris de tribulations et de douleurs semblables à celles de l'enfante- « ment. — N'allez pas sortir vers les champs et ne marchez pas dans la « rue, car le glaive de l'ennemi et l'épouvante désolent les alentours. — « Fille de mon peuple, ceins-toi du cilice et couvre toi de cendres ; prends « le deuil de ton fils unique, que ta plainte soit amère, car le dévastateur « va fondre sur nous. — Femmes, apprenez à vos filles à fondre en lar- « mes, et essayez-vous à vous lamenter — parce que la mort est montée « par nos fenêtres, qu'elle a exterminé nos enfants dans nos maisons, en « sorte qu'on n'en voit plus dans les rues, et nos jeunes hommes, en sorte « qu'il n'en paraît plus dans les places publiques. — Qui donnera de l'eau « à ma tête, et à mes yeux une fontaine de larmes, pour pleurer nuit et « jour le carnage des enfants de la fille de mon peuple ?... »

« Or, le roi siégeait dans sa maison d'hiver, au mois de novembre, et devant lui était un brasier plein de charbon de feu. — Quand Judi eut lu trois ou quatre pages, il coupa le volume avec le couteau du scribe et le jeta dans le feu qui brûlait dans le brasier. — Et ils ne tremblèrent pas, et ils ne déchirèrent pas leurs vêtements, ni le roi, ni ses serviteurs qui entendirent toutes ces paroles. — Cependant Elnathan et Dalaïus voulurent empêcher le roi de brûler le livre, mais il ne les écouta pas. — Et le roi ordonna à Jérémiel, fils d'Amelech, et à Saraïas, fils d'Esriel, de saisir Baruch le scribe, et Jérémie le prophète.

« — Et la parole du Seigneur se manifesta à Jérémie le prophète après que le roi eut brûlé le livre, et ce que Baruch avait écrit d'après lui. —

Prends un autre livre et transcris tout ce qu'il y avait dans le volume qu'a brûlé le roi Joakim; — et tu diras à Joakim, roi de Juda : Voici ce qu'a dit le Seigneur : Tu as brûlé ce livre en disant : Pourquoi as-tu écrit pour annoncer : « En hâte va venir le roi de Babylone, et il dévastera cette contrée, et en chassera l'homme et le bétail ? » — C'est pourquoi le Seigneur a dit contre Joakim, roi de Juda : Il ne restera pas de lui un prince pour s'asseoir sur le trône de David, et son cadavre sera jeté à la chaleur du jour et à la gelée de la nuit. — Et je scruterai, contre lui, et contre sa race, et contre ses serviteurs, leurs iniquités, et j'entasserai sur eux, et sur les habitants de Jérusalem, et sur les hommes de Judée tous les maux que je leur ai annoncés sans qu'il veuillent entendre.

« Jérémie prit donc un autre volume et le donna à Baruch, fils de Nérias, qui écrivit d'après Jérémie toutes les paroles du livre qu'avait brûlé Joakim, roi de Judée, et beaucoup de nouvelles paroles furent ajoutées aux anciennes. »

LE MONT DES OLIVIERS.

En sortant de Jérusalem par la porte de Bethléem, on voit se dresser une colline haute et sombre, aux flancs nus et décharnés. Là rien pour reposer la vue : c'est une montée aride et abrupte, pavée de galets et semée de rocs noirâtres entassés dans le plus affreux désordre, et s'entr'ouvant à peine pour laisser passage au lit d'un torrent desséché qui se précipitait jadis du sommet, et dont la trace se voit au loin dans la noire et profonde vallée qui sépare la colline des murailles de la ville.

Ces lieux ne furent pas toujours aussi arides, et, s'il faut en croire la tradition, de nombreux oliviers étendaient sur cette colline un sombre manteau de verdure et couvraient de leurs ombres épaisses les flots tumultueux du Cédron. Aujourd'hui plus d'eau ni d'ombrage, deux ou trois oliviers ont seuls résisté aux ravages des siècles.

De longues et profondes racines, des troncs monstrueux et des rameaux immenses en attestent la vétusté. Ils étalent tristement, sur le sommet, leur feuillage d'un vert foncé, et ressemblent à une coiffure de jeunesse sur un corps dévasté par les années.

Autrefois une forêt d'arbres du même genre couvrait la montagne qui en a pris son nom, et vagabonds et malfaiteurs venaient cacher leur misère ou leur honte à la faveur des épaisses ténèbres de ses ombrages. C'est là que Jésus, le divin martyr de l'humanité, vint se dérober quelque temps à la persécution.

Il était venu annoncer au monde des vérités nouvelles, et le monde l'avait rejeté sans vouloir l'entendre, en lui jetant l'opprobre à la face. Ils ne soupçonnèrent pas, ces orgueilleux Pharisiens, que ce fou, pour lequel ils n'avaient pas assez de dédain, allait changer la face de la terre ;

Alexandre Cabanel p.

J. Laurens del — Challamel éditeur — Lith. J. Rigo et Cie r. Richer 7

Jesus au jardin des Oliviers

lois, politique, morale, religion, pensée même, tout allait être bouleversé et renouvelé, et avec quelles ressources? avec douze hommes du peuple, douze pêcheurs qui n'avaient d'autre science que la divine doctrine de leur maître, qui valait bien au reste l'érudition des rabbins des synagogues. Mais cette doctrine choquait les préjugés en vigueur; les Pharisiens tremblèrent à l'idée de voir leur domination affaiblie, leur hypocrisie dévoilée, leur religion, toute de vaines formules, tomber en discrédit, et ses bénéfices s'écrouler; ils poursuivirent donc à outrance le divin régénérateur; traqué comme un larron ou une bête fauve, le fils de Dieu fut réduit à se cacher dans le lit d'un torrent, derrière des rocs, entre les racines des arbres. De là il entendait les pas et les cris de la soldatesque qui le cherchait, et les vociférations de la canaille acharnée stupidement contre celui qui était venu prêcher la réhabilitation du genre humain.

C'est une histoire sublime et touchante que cette divine mission du Christ.

Notre pauvre terre, pourrie par les larmes et le sang, gangrenée par les crimes, étalait tristement ses hontes antiques, et accumulait de jour en jour de nouvelles souillures. Ses sœurs les planètes la fuyaient avec horreur, et le soleil ne lui accordait qu'à regret sa lumière vivifiante. Des déserts arides, des monts décharnés, des marais infects s'étendaient en plaines immenses, et remplaçaient la robe de fleurs et de verdure qui lui était destinée. Les animaux immondes et cruels pullulaient à sa surface, et l'être que Dieu lui avait attaché pour régir ses harmonies et trouver le bonheur dans l'accomplissement de sa mission, l'homme, étouffant la voix de l'amour et de la justice, était devenu plus hideux encore dans ses mœurs que l'horrible mobilier de son globe.

Il s'était mis en révolte contre la loi divine, et aussitôt la nature avait été en révolte contre lui. Les fruits les plus bienfaisants s'étaient corrompus de poison; les animaux qui récréaient encore et enrichissaient ses vêtements ou sa table, étaient devenus hostiles ou déplaisants. Des reptiles gluants, des tigres féroces, des insectes dégoûtants attaquaient leur roi pour le punir d'oublier le sien.

Le concert des astres, roulant en grandioses harmonies dans les espaces, s'écriait en vain: Seigneur! Seigneur! délivrez-nous de cette compagne empestée qui déshonore notre brillant cortége et trouble la sérénité de nos jours. Faites, Seigneur, que la mort termine ses misères !

Enfin, Dieu, cédant à leurs prières, prononça sur le sort du malheureux globe. La terre peut rentrer en grâce, mais il faut qu'une auguste victime se dévoue et expie ses iniquités. Elle descendra sur cette terre maudite, subira toutes les misères de l'humanité jusqu'à la mort la plus douloureuse, et les hommes pourront recouvrer le bonheur et la planète sa beauté quand ma loi sera accomplie.

A cet arrêt irrévocable, les soleils se voilèrent la face, et nulle victime ne se présentait. Alors une âme glorieuse, qui trônait dans le sein de Dieu, se sentit émue d'une généreuse compassion, et se chargea du salut de la malheureuse. Les univers tressaillirent de joie, et des vibrations harmonieuses ébranlèrent les espaces.

L'âme se dépouilla de son vêtement d'arôme et de lumière pour s'ensevelir dans un corps pesant et souffreteux, et quitta les séjours de gloire pour notre monde de fange.

Elle naquit à Bethléem dans une humble crèche, elle, la reine des soleils, et sous le nom de Jésus, passa sur la terre, marquant son passage par des bienfaits, et laissant tomber de divines paroles d'amour et de mansuétude, germes précieux que ne recueillirent pas les grands du monde trop occupés de leurs jouissances, mais qui fructifièrent dans l'âme des humbles et des pauvres qui les propagèrent bientôt et en embrasèrent le monde.

Enfin, le martyre prédit dut couronner cette vie sublime, et le drame grandiose de la Passion se déroula. Qui de nous n'a versé des larmes avec Jésus sur le Mont des Oliviers ! qui n'a senti son cœur serré d'une indicible angoisse au récit de cette scène palpitante !

Dans les ténèbres de la nuit, sur cette montagne sauvage, le Fils de l'homme fuyait solitaire, courbé sous le fardeau de sa pensée. Épuisé de fatigue et de misère, il se laissa tomber au pied d'un antique olivier, et resta abîmé dans une douloureuse méditation. A la vue de toutes les misères, de tous les crimes dont il allait charger son âme virginale, il commença, dit l'Evangile, à se sentir saisi d'une grande douleur, et dit : « Mon âme est triste jusqu'à la mort : » puis une sueur glacée trempa ses membres, et des larmes mêlées de sang ruisselèrent sur son visage et mouillèrent le sol. « Mon père, s'écria-t-il, s'il est possible, faites que ce calice s'éloigne loin de moi ; néanmoins que ce que vous voulez soit fait et non pas ce que je veux! » Enfin, l'amour fut le plus fort; sa tendre compassion pour cette pauvre humanité si dégradée l'emporta, et l'âme vainquit les terreurs de la chair. Il se releva pour marcher, le front serein et le pardon sur les lèvres, au-devant de ses bourreaux.

On voit encore, comme nous le disions en commençant, quelques arbres chargés de siècles sur le sommet du mont Gethsemani. Peut-être quelqu'un d'entre eux fut-il témoin de l'agonie du Christ: peut-être ses larmes et son sang ont-ils trempé ces racines qui certainement peuvent remonter à plus de dix-huit siècles.

Du haut du Gethsemani, Jésus put jeter un regard d'adieu sur cette Jérusalem qui allait se souiller de son sang, et sur la ténébreuse vallée de Josaphat, théâtre lugubre, destiné aux épouvantements du dernier jour de la terre.

FIN.

www.ingramcontent.com/pod-product-compliance
Ingram Content Group UK Ltd.
Pitfield, Milton Keynes, MK11 3LW, UK
UKHW020418230726
13925UKWH00004B/1512